Your Amazing Self

了不起的你自己

赵嘉音——著

国际文化出版公司

· 北京 ·

图书在版编目（CIP）数据

了不起的你自己／赵嘉音著．—北京：国际文化
出版公司，2019.5
ISBN 978-7-5125-1091-3

Ⅰ.①了⋯ Ⅱ.①赵⋯ Ⅲ.①诗集－中国－当代②散
文集－中国－当代 Ⅳ.① I217.2

中国版本图书馆 CIP 数据核字（2018）第 287807 号

了不起的你自己

作　　者　赵嘉音
责任编辑　戴　婕
出版发行　国际文化出版公司
经　　销　全国新华书店
印　　刷　炫彩（天津）印刷有限责任公司
开　　本　880 毫米 ×1230 毫米　　32 开
　　　　　3.25 印张　　　　　　　100 千字
版　　次　2019 年 5 月第 1 版
　　　　　2019 年 5 月第 1 次印刷
书　　号　ISBN 978-7-5125-1091-3
定　　价　49.00 元

国际文化出版公司
北京朝阳区东土城路乙 9 号　　　　邮编：100013
总编室：（010）64271551　　　传真：（010）64271578
销售热线：（010）64271187
传真：（010）64271187-800
E-mail：icpc@95777.sina.net
http://www.sinoread.com

鸢尾诗体

　　鸢尾诗体是由当代诗人赵嘉音提出的诗体新概念，继承了二十世纪初以泰戈尔、冰心等人为代表创作的小诗体精髓，并回溯俳句及域外汉诗绝句的内涵，拓展了现代诗歌的表现形式。主要特点是将诗的标题居于末尾，作为全诗不可分割的一部分，甚至是重中之重。同时，实验性地首创了古体诗与现代诗镶嵌结合的新诗形式。

C O N T E N T S

目 录

–1–

第一篇

我，以及我和世界的自画像们

–15–

第二篇

因为遇见了自己，所以开始爱他人

–31–

第三篇

成长，然后我们丢了自己

−51−
第四篇
总有那么一天，我们开始用勇气与原谅找回丢失的自己

−71−
第五篇
当我们开始有了真正的自由，
一颗纯净的心灵总是更容易看到
过去、现在和未来。终于幸福。

序一

徐永[1]

　　媒体人能保持诗性的并不多见，因为做媒体必须接触社会，而社会往往会把媒体人的心往坚硬、粗粝的方向打磨。但赵嘉音小姐是个例外，在离开媒体多年，她从未泯灭的诗性反而勃发，压抑不住地滋长起来。

　　一次偶然的见面，她对我谈起，想出一本诗配插画的书，我暗吃一惊，心想这年头谁还读诗呀。但看了她写的诗，我立刻就明白了为什么她会产生这样的念头，因为这完全是一个文艺少年的精神世界，处处都闪烁着天真烂漫、纯真善良的梦幻之光。

　　一开始我们对诗的认识和理解并不一致，甚至差异很大。

---

[1] 徐永，原名徐永恒，著名诗人。1987年与清平、藏棣、麦芒合出四人集《大雨》，2009年与向以鲜、凹凸合出三人集《诗·三人行》。资深媒体人，曾任《重庆青年报》总编，《课堂内外》总编。

我的看法是，现代诗的写作其实是一种探险和冒险，古典诗形式上属于诗所独有的特征和要求都不再起作用，不必遵循，不用借鉴，甚至需要排除其影响。写作现代诗最重要的，是必须给读者带来新的独特的审美体验，这种审美体验首先表现为一种视觉上的冲击力；如果是在诵读中接触到一首诗，我们将通过听觉去还原这首诗的视觉景象。同时，现代诗以打碎语句、词语固有的含义、结构为手段，以实现对表现对象的解构与重构。这有点类似于现代派油画的创作，古典画派的学院技法不再有意义，画家手中只有颜料，而通过对颜料的颠覆性的使用，画家得以创作出或光怪陆离、或斑驳沧桑、或精细入微的不同风格的画面。对一个现代诗人来说，手中的"颜料"就是语言，准确地说，就是文字，且只有文字。

当我们这样讨论诗的时候，我们很庆幸在熙来攘往的大千世界中，居然还能有诗的共鸣。这种交流让我们彼此都有些感动。我从嘉音那一对忽闪忽闪的大眼睛中也看出了，她大概已是心有灵犀，对诗的理解从此与过去全然不同。

这次嘉音收入诗集《了不起的你自己》中的将近40首诗，几乎都是我们关于诗的那次谈话后新写作的，由此也可见她的才华、创作的潜力，尤其是她对诗的热情。

嘉音的诗，有点像中国古人擅长的偈颂，但并不是用带韵的隽永词句来阐释佛理。她的题材要开阔得多，成长的感受、生存的体验、亲情的思念、爱情的渴望、草木的关怀、片刻的灵感、孤独的遐思……生活中的每一个瞬间，她都以诗人的目光重新注视，以诗的语言予以再现。

偈颂本是一种特殊的古代白话文体，是由佛教大师用朴实平易的白话来翻译佛经，或借用古体诗的形式来阐发佛理而形成的，语句不加藻饰，追求明白易晓，不刻意讲究平仄、对仗和押韵，往往在最末一两句出现关键的句子点明此偈的含义。嘉音的诗，往往也有这样的关键句子，一方面表达了她自己对诗中哲理的判断，但也引导读者可在更多的方面去想象和领会。如：

结局在故事开篇就已写好

在命运女神面前

像小白鼠在实验室

我们躺在自己编织的美梦里

竭尽全力

文字雕刻艺术

肉体绽放爱恋

工作化为信仰

我爱这精彩的世间

我们总是可以更幸福

——《活着》

　　因为每一首诗都很短，为了包容更多更大的内涵，嘉音的诗常常会写入一些含义概括性和抽象性都很高的"大词"，但是她的重构能力使这些大词不再是枯燥乏味的陈词滥调，而是获得了一种张力，支撑起一个独特的诗意的世界。如：

老灵魂长出孤独的曲线
释放出整个夜空
它陌生的头颅
装满幻想
像 期盼果实
必成熟于秋季般 不可思议
有些旅程 注定是寂寞的
没有山
没有水
没有影子
甚至没有自己
犹如意义本身
——《使命》

又如：

干一杯肝胆
洗胸襟
桀骜时光
暴殄天物 鞠躬 名利场

谁将离经叛道的妄语

一字一字嚼烂

祭炼成 欲望的万花筒

窥探爱与丰饶 再生璀璨

直至沧海横流

将历史撕开一条缝

然后盘腿坐下 开怀大笑

——《传世之作》

　　把中国古典诗尤其是宋词的意象和句式揉合进现代诗的写作，这是嘉音的又一种尝试。宋词的长短句本是相对于古体诗尤其是律诗、绝句的一次解散和重构，正好与现代诗对词语、句式的再处理一脉相承，巧妙结合，可产生相得益彰的效果。如：

流岁不如人旧，如意只添八九。

再也没有轻裘肥马痴情一世的少年

食尽鸟投林，却道梦魂叠皱。

再也没有迤逦兰舟寒雁晨霜煮终身的女子了

观柳，观柳，别诉为何相瘦。

他们终结在睡美人的幻梦里。

等待那个王子惊醒旷世之吻。

——《如梦令东土西域》

　　当然，尽管写出了像《传世之作》那样高蹈豪迈的诗作，

作为一位心有千千结的美丽女诗人，嘉音的笔下自然少不了小
女生的情怀，写景状物也多是以文雅女性的角度。《纯净天地》
便是一位生活优渥、喜爱幻想的小女生的写照：

文字诡异藏放
秘密闪烁荧光
眼底燃烧 触手可及
往日情
似清脆的曲奇饼
满口留香
还好
我们总剩下些什么在追忆里
我是你的纯净天地
不染尘
不变老
不逝去
——《纯净天地》

《心悸》这首诗，写的既是幽谷中静静绽放的百合花，又
何尝不是对纯洁忠诚的爱情的呼唤呢？

晶莹剔透的心灵
从此 不盈一握
只需你偶尔的扬眉一笑

便如野百合般静静绽放
若你已撷取到天籁的奥秘
我的爱人
便让我俯下身去
亲吻你的指尖
这虔诚的碰撞
便唤醒了一个爱的天堂
——《心悸》

　　作为一个青年诗人，她的人生也正处于风华正茂的华年，未来不可穷期。今天为她的诗集作序，是希望和祝福她在诗歌的道路上一路前行，写出更多更美的诗作，不负缪斯的召唤和自己心灵的抉择。

序二

曹子策[1]

你说过

独自走过一曲

便相依

我居然忘了

源于自己

弦的战栗！

——《致死地而后生·情感》

　　隆重推荐，灵性时代罕见鸢尾体心灵诗人，哲女，赵嘉音的新诗文集，带你进入唤醒捍卫心灵的美妙圣境。

---

[1] 曹子策博士，中国著名超个人心理学家，国际催眠导师。美国NB国家催眠教育与认证委员会中国区总裁（CEO）。

第一篇
我，以及我和世界的自画像们

　　了　不　起　的　你　自　己

诗人

大梦一场连着一场下

诗歌一无是处

除了弹尽粮绝

用梦想下酒的时候

诗人注定坎坷与苦难

还是世人皆尽如此

如果每个人都只看见自己

那谁来陪伴这个世界

——《诗人》

3

4　　　了不起的你自己

当你眼睁睁地看着我被暴虐的风沙

连根拔起时

我该以何等的模样面对你

而你举矛讨伐的姿态

与我用青春年轮打磨的仰望，惊人的相似

生活这器皿

怎能塞下我们的荣光！

泣血而歌 落地即死

唯有他与荆棘鸟

搏杀长空

——《赵嘉音与她同时代的朋友们》

了 不 起 的 你 自 己

从爱情的开篇到故事的结尾

从诗歌的源头到生命的尽头

我们都在寻找同类

——《孤独》

了 不 起 的 你 自 己

人类的耳朵

藏着自己的心

白垩纪

没有一只恐龙　听见它的心

碾尘 化石——

谁在听

神 和 自己 的对话

人类的起源

也许这就是

——《人类诞生》

　　了不起的你自己

谁 赐予我们高贵

也 赐予我们卑贱

向寻常生活，俯首称臣

抑或是

英勇而战

谁心中，不曾堆满泪水

欲望，暗淌成河

生命终将与生活，握手言和

——《宿命》

　　　了 不 起 的 你 自 己

这个社会规则 所横生的棱角

把每个人刺得生疼

我们只有柔软再柔软些

虚无若无物

亲吻这些规则 以血渍

缠绕温柔

才能看见背后的爱

或许 如此 这般

我们会舒服不少

——《大同世界》

第二篇
因为遇见了自己，所以开始爱他人

了 不 起 的 你 自 己

划出一个梦境给你

童话中的虔诚就这样来临

你回眸一笑

他千百年的寻觅就这样

落定

——《一见钟情》

了 不 起 的 你 自 己

踏歌行舟

撷一抹桃花染颊

心出明媚 则起华彩

你不早不迟

恰巧在

就随你 桃也天天

步丈 天涯

煮人间烟火

饮流年

——《羡仙记》

了 不 起 的 你 自 己

晶莹剔透的心灵

从此 不盈一握

只需你偶尔的扬眉一笑

便如野百合般静静绽放

若你已撷取到天籁的奥秘

我的爱人

便让我俯下身去

亲吻你的指尖

这虔诚的碰撞

便唤醒了一个爱的天堂

——《心悸》

我喜欢

你爱着我的样子

星星如仙人掌

点缀 摇曳叮当

心缠满曼陀罗

像鱼 怀里窒息

当最神奇的美丽渗入躯体

还有什么必要 保留矜持

——《你就大喊吧》

24　　　了 不 起 的 你 自 己

冰封 最深的情

我已浪掷了好几世

的诺言

悄然红浥了眼角

如暖阳初生 厮磨秋水

恐惧 层层剥落

我 流光

世界 溢彩

——《原来你还在》

最喜悦的笑

将尘世典藏

泪瘦了的家园 勾画

朝圣者的思念 潸然

你便将此颂成典籍

一字一句撒满我的世界

我是尘世里

最幸福的人

快生根吧

不管 谁在谁的胸腔里结晶

——《爱》

文字诡异藏放

秘密闪烁荧光

眼底燃烧 触手可及

往日情

似清脆的曲奇饼

满口留香

还好

我们总剩下些什么在追忆里

我是你的纯净天地

不染尘

不变老

不逝去

——《纯净天地》

第三篇
成长，然后我们丢了自己

了 不 起 的 你 自 己

星辰 如你

渴望 似我

寥落 是我们

遥不可及

望眼欲穿

曾希望漫空

却碎裂成诗

恍若烟花盛放在海底

——《你若余生，无孔不入》

了 不 起 的 你 自 己

在人群汹涌的街道
你与一只狗面面相觑
这是什么鬼

荒唐的剧情
有时候人比狗孤独

——《你怎么舍得我难过》

36　　了 不 起 的 你 自 己

他的心像海绵 柔软

轻咬

便淌下泪来

心无定所

才颠沛流离

断绝 孤儿是我们

无牵挂的水手 重新起航

一起都是新的

——《分手》

多年前　你饿坏了

抱住灵魂

狼吞虎咽

多年后　你开始剔牙

挑出一块块

带血的青春

——《飞鸟衔沙，欲海掩悔》

吞噬者也是被吞噬者

编绳 结网 窥视

栖伏在自己的世界里

谁是谁的猎物

捕猎 蹂躏 吞噬

爱情长出爪牙

草食动物进化为肉食动物

而后号啕大哭

悔不当初

——《荷尔蒙游戏》

欲望自心脏开始剥落

焦灼 翻滚 嚎叫

谁？——

以泪狂吻 灰烬

哀求 复活

瞳孔中的心 蒙着自己

生活在别处

——《我们》

了 不 起 的 你 自 己

流岁不如人旧，如意只添八九。

再也没有轻裘肥马痴情一世的少年

食尽鸟投林，却道梦魂叠皱。

再也没有迤逦兰舟寒雁晨霜煮终身的女子了

观柳，观柳，别诉为何相瘦。

他们终结在睡美人的幻梦里。

等待那个王子惊醒旷世之吻。

——《如梦令东土西域》

（说明：本作为词与现代诗交融，《如梦令》为词牌名）

凤凰于飞 鱼水相欢
只为泊入命运浅默的期冀

我伫立原地生根
而浮生 年华渐老
荆棘玫瑰斜铺来时路
时光暴孽 回头啊——
莫回头

——《心有余悸，暗鬼自生》

47

48　　　了 不 起 的 你 自 己

我化泡沫葬身海底

你头戴王冠君临

浣花惆怅溪边月，

痴念谁能解。

长安人影密初叠，

难奈夙缘犹浅寸心结。

我的名传颂世间

美人鱼这物种却消失

朱颜渐瘦红笺断，

抚事为君叹。

倦游回首忆当年，

造化徒留执怨戏人间。

沧海桑田你是否相信

泡沫不是童话

——《鱼美人与虞美人》

（说明：本作为词与现代诗交融，《虞美人》为词牌名）

第四篇

总有那么一天，我们开始用勇气与原谅找回丢失的自己

挤榨自己

以屠夫的勇气

坟墓中

你美丽的眼和蚂蚁的触角

有什么区别

赤裸裸的站在卑微上

比跪在辉煌里

值得庆幸

——《勇气》

54　　了 不 起 的 你 自 己

腥甜乳汁

汇集成海　荡来沙砾

拍着《两只老虎》的音符

敲打　鼓舞

那海呐——

如羊水包裹婴儿

任由游荡

多少梦泪流满面啊

随着荒漠袭入岁月

距你最后一次吻我

母亲

我已记不得了

——《妈妈，我想你》

了 不 起 的 你 自 己

生存与毁灭

血流成河 链接痛

伤口爬满心尖

摆渡歌弥漫奈何水

我们以为我们再不需要

只需轻挥手就告别

干净的母亲河

放心的粮食

纯粹的空气

没有私欲的爱

——《习惯》

了不起的你自己

我活着

操纵这一切的发生

建造属于自己的世界

在这里

遇见我自己

鄙夷她（他）或爱上她（他）

然后重建轮回，或永世陪伴

人不能忍受神的丰盛

如同神不能原谅人的懊恼

我们在各自造出的造物里沉思

——《因果报应》

了 不 起 的 你 自 己

无法消逝的诅咒

一如亘古久远的希望

并存

当你抬起眼眸时

我正重生

真正踩碎苦难的人

所有的经历无非就是一句话

谢谢你们曾引我入魔境

才渡我成神

仅此而已

——《感恩》

了 不 起 的 你 自 己

理想 是人的私有物
梦想
才归属众生
饥渴的孩童
绝望与仇恨
以爱共生
即便战火纷飞
希望 永不止息

最勇敢的人生
是我们从未停止梦想的步伐

——《行走》

了 不 起 的 你 自 己

如果

生命 是为了

体现存在

如果

存在 是为了

验证价值

如果

价值 是为了

衡比幸福

那么幸福

一定 是为了

生命的丰满

——《相对论》

了 不 起 的 你 自 己

老灵魂长出孤独的曲线

释放出整个夜空

它陌生的头颅

装满幻想

像 期盼果实

必成熟于秋季般 不可思议

有些旅程 注定是寂寞的

没有山

没有水

没有影子

甚至没有自己

犹如意义本身

——《使命》

了 不 起 的 你 自 己

干一杯肝胆
　　洗胸襟
桀骜时光
暴殄天物、鞠躬 名利场

谁将离经叛道的妄语
一字一字嚼烂
祭炼成 欲望的万花筒
窥探爱与丰饶 再生灿璨
直至沧海横流
将历史撕开一条缝
然后盘腿坐下 开怀大笑

——《传世之作》

69

第五篇

当我们开始有了真正的自由，

一颗纯净的心灵总是更容易看到

过去、现在和未来。终于幸福。

蒲公英从手掌起飞

蚱蜢逃向草丛中的家

毛毛虫请你离得越远越好

妈妈啰唆的话语像稻草人的衣服

在永远没有玩够的花坛上招摇

蚂蚁 纤瘦的男孩

玫瑰 可爱的巧克力小姐

兔子先生奔跑在梦境里

七彩的虹霓

消失于早晨的雾霾

远行了多久啊
糖果般太阳已失去童话的光泽
比萨饼云朵斜挂在路灯上方
回头 走过的路曲曲弯弯
抬头 再也不相信恐龙会出现在
道路的尽头

——《逝去的童年》

了不起的你自己

点燃人间一道光

烫穿泪水 刺响背离的吻

谄媚节日礼花

看清奴役背后的宽恕

翻阅所有事物包裹的意义

直至爱开始萌芽

以吻 以攀爬 以生长

以蜕变 以祝福 以进化

大道至简

——《爱他人如自己》

用最纯朴的信念

为你煎熬诺言

直到心灵剔透

端坐 芬芳

那星光 逐一熄灭

殒逝

直到四季簇拥取暖

反物质爱上黑洞

我们留下痕迹 重生

——《爱至终点》

　　　了 不 起 的 你 自 己

结局在故事开篇就已写好

在命运女裈面前

像小白鼠在实验室

我们躺在自己编织的美梦里

竭尽全力

文字雕刻艺术

肉体绽放爱恋

工作化为信仰

我爱这精彩的世间

我们总是可以更幸福

——《活着》

了 不 起 的 你 自 己

阳光烂漫时
来一场紫色的梦
它不基于野心
也无关对错

像花朵 自由绽放
随风凋谢
不需要 证明给谁看

——《真正的自由》

感激你陪我度过这一段时光

有个很美的地方

那里春暖花开

牛羊肥沃

真情和真情

可以相拥的地方

不管我断过

多少次翅膀

我都想要去那里

永不止息

赵嘉音

感谢语

感谢命运赐予我的道路

让我们不忍止步

庆幸诸多良师益友的见证，让本次旅途异彩纷呈。在此，我要感谢缔造中国互联网历史的网易创始人丁磊丁总的荐言；感谢内地主旋律流行乐奠基人、著名作曲家刘青刘先生的荐言；感谢国宝级画家董帜强董先生为本书提供插图及荐言；感谢媒体人、诗人徐永徐先生的不吝赐教及作序；感谢国际催眠导师曹子策曹博士的欣赏鼓舞；感谢ESP国际导师薛葵阳薛院长的厚爱支持；感谢唐维海专家的推荐；感谢父母给我精神上的理解；以及感谢所有不遗余力地帮助这本书出版、制作、发行的老师及朋友们，尽管有些素未谋面呢！最后，还要感谢在这熙来攘往的俗世里，心中仍存诗意的人们。这人间烟火依旧美丽得让人感动，不是吗？

愿我们和这个世界情谊长存，感谢你们！